꽃 그늘

꽃 그늘

이수견 시집

문학시티

소중한 오늘

이것이 나의 꿈의 하나인가 생각해 봅니다.
"예쁜 시詩 많이 빚으세요."
격려의 글을 떠올리며
예쁜 생각으로 살아보려 했던 날들입니다.
뜨거운 태양이 하루를 비추는
소중한 오늘,
행복해지기를 소망합니다.

2017년 가을에
이 수 견

차례

제1부 나를 넘어 갈 길이다

제2부 하루의 의미

제3부 어떤 찬란함

제4부 채움

제1부 나를 넘어 갈 길이다

문득 앞 길 먼 곳을 바라보았다
내가 걸어가는 길을
길이 내 손을 잡아 끌었다
"어서 걸어 가야지."

길

가던 길을 멈추고 섰다
계속 걸어야 할 길인지 바라보았다
신발 콧 등만 보고 걷다가
문득 앞 길 먼 곳을 바라보았다
내가 걸어가는 길을
길이 내 손을 잡아 끌었다
"어서 걸어 가야지."
가끔은 그 길에
끌려서 간다

강아지와 나

산책을 나섰다
생각의 꼬리들도 따라서 오겠지
나를 위한 시간에 강아지와 동행
마음과 다르게
질주하는 강아지 뒤를
내가 끌려가듯 따라서 간다
일 미터를 지날 때마다
오줌을 누는 강아지
내가 앞서 가면 또 앞질러 가고
본능적 강아지 몸부림
귀엽고도 웃음이 나와
생각 없이 걷기만 한다
강아지 따라 걷느라
잊어버린 생각들

사념

바람이 떠나간 길
비비적거리는 갈대는
길을 모르네
가버린 뒤에 흘러드는 침묵이
지난 바람이 남긴 여운인 줄
깨움을 갖기도 전에
또 다시 저 바람소리에
흔들리는 사념

느티나무

매일 같은 길을
아침 저녁 걸어서 간다
상쾌한 아침공기를 호흡하며
가로수 느티나무를 스쳐간다
늘 똑 같은 인사
눈길을 주고
시선을 나누듯
서로 오늘을 위로 한다
늘 그 자리에 선 느티나무
규칙에 규칙을 이어가는 성장
소리 없이 일깨우는 경외심
고맙다 느티나무야

송사리

하천 맑게 고인 물 위로
작은 송사리떼
겨울 한 때 따사로운 햇빛에
고운 물 만났네
흙 빛깔에 몸을 감추고
물 위에 흐르는
고운 그림자 춤사위
물결에 물결에 어리운다
지나는 걸음 멈추니
그 자연 속에
바라보는 나도
순간 자연이 되네
어여뻐라 작은 생명

향유자

해질녘 돌아오는 길가
담벼락을 지키는
코스모스를 닮은 꽃
어여쁜 얼굴을 가장한 주홍 꽃잎은
친근의 손을 뻗어오지만
서로를 알아보지 못한다
흠칫 몸을 스쳐보지만
마주하지 못한 아쉬움에
마음이 쓸쓸해졌다
체념하고 돌아서기를 반복 한다
휴일 아침
번잡스럽게 소음이 웅웅거리는 세상
한가로운 찰나의 아침처럼 걷는다
아! 풀잎더미에서 마주한 꽃잎
몸을 스치지 않아도
서로가 향유한 시간이 있었기에 웃는다
소외된 것들을 사랑하게 된다

백로

느티나무 봉우리 끝에
노랑부리 백로 한 마리 날아들었다
펄럭이는 날갯짓에
커다란 둥근 몸뚱이는 설 곳을 찾아 바둥거린다
가는 다리가 느티나무 가지를 붙잡고
파도를 따라오는 물결마냥 출렁이듯 흔들거리더니
이내 날개를 접어 넣는다
흔들림 속에서 흔들림을 받아들이는
긴 목을 곧추세운 백로의 기품이
균형감이 멋스럽다
세상의 이치를 통달한 듯 먼 허공을 응시하는
여유로움이 멋스럽다

소천

눈이 내리네
네가 떠나던 날에
햇빛은 살포시 땅 위에 내려앉고
바람마저 잔잔하던 날
아들, 딸들
눈물의 배웅 받아
하늘에 오르니
"친구야, 좋으니"

똥 한 무더기

소음소리가 밀고 오는
바쁜 아침
도로 길가에 똥 한 무더기
민낯을 하고 누구의 흔적인지
홀로 서는 세상살이
서러워져 외롭던 아침
네가 나인 것 같던
애처로움을 위로해 주마
내가 너인 것처럼
사랑한다 다독여 주마
작은 빗줄기가 흘렀다

감사일기

나를
힘들게 하는 나에게
감사합니다

네가 감당 못 할 일은 없단다

밀려오는 파도
잔잔한 세상 물결위에
일렁이는 나의 파도
너는 파도를 해
나는 바위돌을 할게
잔물결로 오던
거친 성난 파도이던 아니면
해일이 되어 오던
온 몸을 적시는
슬픔에 들게 되더라도
세상 어딘가 서서
감당 해 내는 그것이 될게

제2부 하루의 의미

시계추가 사는 하루
한 바퀴 아닌 반 바퀴를 향한
하루 그 이상의 욕심으로
버둥거리는 내가 있을 뿐

시간

마음 복잡한 날
모두 놓아버리고 찾은 도서관
조용한 장소에서
시간을 멈추게 한 날
모든 걸 비울 수는 없지만
수없는 번뇌 속에
하얀 공간 같은 시간
책만 펼쳐 두고
창 너머 햇살에
졸다가 잠을 깬다
그렇게 또 흐르는 하루

잡념

쉬어야 할 몸뚱이를 붙잡는
마음 속 무거움의 정체
그 잡다한 것들을
툭툭 털어 버릴 일은 아니다
보기 싫다 냉정히 뿌리쳐지지 않을
나를 찾은 방문자
무심히 왔다 무심히 가는 것도 아닌 것은
일상사 내가 부른 집착이지
버리지 못하는 잡다한 애증들이지
마음이 쉬어야 몸도 쉴 수 있는 것을
길을 걸으면
행여나 내게서 떠나갈까 내려갈까
아니다
마음이 선택한 곳으로 옮겨가는 것이지

원망별곡

작은 질그릇 하나
너는 네 속에 무얼 담았었기에
그리 내다 버려졌니
받았던 사랑의 흔적들은
어디로 흩어졌는지
아픔일까
비통함일까
통찰하여야 하는가
흔적은 흔적대로
두어야 마땅한가
너에게 담았던 행복한 웃음도 있었겠지
채송화 소박하게 담고
사랑스런 웃음 보내네

상념

누군 초승달을 뿔이라 했지
나는 그냥 반달을 채워가는
낮은 달이었는데
오늘 하늘에 초승달이 떴다
저것이 또 얇고 긴 입술이었구나!
시를 읽는 새로움
작고 깊은 외눈 한 짝
온 하늘 고요히 지키는
작은 달이의 눈

일년이 하루같이

백일홍도 봉숭화도
곱던 모습 떨구고
봄 여름 다 지났습니다
빨강 노랑
단풍잎 은행잎들 다 졌지만
색색 낙엽이 숨 쉬는 길
가슴에 남겼습니다
하얀 눈이 쏟아지는 날
가슴 시리게 추위가 오더라도
그대와 함께
걸어 갈 따뜻한 길입니다
다시 봄을 보고 싶습니다

꽃 그늘

화단 울타리를 지키던
봉선화를 볼 수 있을까
노오란 햇빛 받은
화사한 백일홍을 볼 수 있을까
누구의 손길이 가던
그 손길만 할까요
어르는 손이
다 그만 않으니

꽃도 그 꽃이 아니고
향기도 그 향기가 아니고
바람마저 공기마저
그 모습 아닌 듯
나무 한 그루 풀 한 포기마다
정듦이 베었을 줄

가신다니 알겠습니다
바람 공기도 남기지 말아
그 또한 추스려 가버리소서

연꽃

춤추는 연잎
바람은 무슨 흥이 났을까
연잎을 쓰다듬고 흔들어대고
무슨 말을 했을까
연잎이 수다스럽게 술렁거린다
좌중을 압도했나
고요가 머물고

바람은 찾아와 무어라 했는지
물 밑까지 비 소식을 전해주었나
연꽃은 하루 종일 그렇게 살았나 보다
연꽃은 가만히 여름살이 이어 간다
진한 듯 아니 옅은 듯
연잎 향내 흘려보내며

하루의 의미

시계추가 사는 하루
한 바퀴 아닌 반 바퀴를 향한
더 오르지 못할 언덕

하루 그 이상의 욕심으로
언덕배기를 기어오르려
버둥거리는 내가 있을 뿐

봄아! 봄아!

간 밤, 꿈에 깨어 한참을 뒤척이다가 맞은 아침.
오랜만에 베란다에 넘치는 햇살. 달력을 넘겼다.
유난히 눈에 들어오는 글자, 삼월이다.
금전수, 관음죽, 쟈스민 화분들이 촉을 틔우고 있다.
추웠던 이 겨울을 잘 이겨 냈노라 하고 마주하는
내 대변자들이기도 하여 더 사랑스럽다.
쟈스민이 잎을 축 늘어뜨리고 목마름을 호소한다.
물을 축여 주어야지!
개인적으로 애정을 보태는 관음죽은 지난 가을 밀어
올린 새 잎을 아직 펼치지도 않았다.
관음죽은 꽃도 피운다 하니 애정을 듬뿍 보태어 주리
라. 꽃으로 화답해 주길 기다린다.
큰 키만 자랑하는 금전수 밑동에 작은 싹.
그랬구나! 새싹이로구나!
연약하지만은 않았다. 예쁘고 반가울 수가.
너희가 봄의 전령사구나.
지난 봄, 금전수 뿌리를 화분 아래쪽에 깊이 묻고
다시는 새싹을 못 볼지도 모르겠다! 생각하며
할 수 없다 여겼다.
'너에게 더 이상의 희망을 기대하지 않아' 라고 말하

듯이.

　내가 그랬다. 마음이라는 것이 참 이상하다.

　말 못하는 화초인데 그 화초를 향해

　'이젠 포기야.' 라고 생각한 순간 화초가 느꼈을 절망
감을 똑같이 내 안에 키웠다. 그런 무심한 나에 대한 저
항이라도 한듯이 어여쁜 작은 싹을 힘겹게 키워냈다.
이 봄에⋯⋯.

　겨울은 그런 절망감 같은 고통이다.

　나는 혹독한 겨울을 굳건히 버티는 한 그루 작은

　나무보다도 미약하구나 싶은 생각에 더없이 작아진다.

　인내하고 견뎌내야만 하는 시간인 것처럼 올곧게 견
디고 참아내라 말하고 있는 것 같다.

　연약해 보이기만 하는 작은 싹은 깊숙한 화분 한구석
에서 무슨 힘으로 흙을 헤치고 올라왔는지 고맙고 기쁜
마음에 '잘했어!'라고 쓰다듬어 주고 싶음이다.

　창문을 활짝 열었다. 쏟아져 파고드는 삼월의 냄새.
햇살도 봄의 햇살이고, 바람도 봄을 전하니 축제라도
열어야 할 것 같다.

　삼월은 마음에 바삐 오는 소란스러운 봄. 나도 뭔가를
해야 할 것 같은 생각이 든다.

몸은 아직 어젯밤 깬 잠의 무게를 내려놓지 못해 무겁다. 이 게으름을 깨워야지.

강아지가 창을 향해 짖어대다가 연신 코를 킁킁 거린다. 조금 더 가까이 다가가려 앞발을 높은 곳에 올리고 안간힘이다.

킁킁대며 꼬리를 흔들고, 내 쪽을 바라보다가, 또 창문 틈을 향해 간절한 바람을 보내는 몸짓이다.

강아지 코에도 봄이 왔나 보다. 나가고 싶은 게지. 어떻게 할까.

지금이 좋다. 앉아 있는 나에게까지 도착해주는 바람이 좋다.

강아지 등쌀에 견디지 못하고 함께 봄 길 산책을 나섰다. 나오길 잘했다.

따사로운 봄 햇빛이 내 마음 내 등을 어루만져 주니 나는 그저 감사하다.

봄 햇살에 나도 모르게 주저리주저리 시가 나온다.

어머니처럼 사랑하여 주소서
돌아올 때를 약속하고 떠난 봄이니
기다리는 마음은 설레고 설레어
긴 겨울을 보내느라 잊은 세월
부끄러운 얼굴이지만
마음 활짝 열어 맞이합니다.
봄 빛 어린 세상 사랑합니다.

숨

무덤덤한 일상인 듯 해도
무엇을 늘 경계 하는
치열하게 살아가는 하루
맑아지지 않을 것 같은 하늘 아래에
작은 땅을 채우고
살아가는 또 작은 풀뿌리들
그 속삭임 향기가 되어
넓은 세상을 향한다
잔디 위에 피어난
분홍 패랭이 꽃
작은 흔들림이 미치도록 아름답다
꽃밭에서 맑은 숨을 쉰다

생각 조각

생각 조각들이 머리 속을 채웠다
차디찬 아침
차갑게 때려오는 겨울 상쾌 바람에
생각 조각들이
얼음조각 되어 부서져 버렸다
아! 상쾌해

제3부 어떤 찬란함

사랑이라는 이름으로 엮어진
수많은 기억을 보내면
어느 좋은 날
또 나도 담담히 갈 수 있을까

여름 한 자락

바람은 누군가를 위해
강한 속내를 이렇게 내 비치는가
물기 가득 머금고서

넘실거리는 풀 파도
빛을 잃은 태양도
수긍의 뜻을 아는 자연의 몸짓이라
비를 위한 전주곡이라 할까

후투툭 후투툭 장대비다
우雨 중에 물오리는
처연함인지 우매함인지

이런! 장대비에 비친 걱정
우산 없이 학교 간 아들
집에 올 때는 파란 하늘
무지개라도 얹고 왔으면

우매한 어미
나 또한 여름의 한 자락.

가을 길

노란 은행잎 반짝이는 길
웃음소리 노랗게
길 위에 춤춘다

잎 떨구어 낸 나무들
한가로이 늘어뜨린 가지마다
마지막 잎새들은
아쉬움에 아쉬움에
가지에 남아
겨울밤을 지새려나

갈 길 재촉하는 바람에
동그랗게 동그랗게
그어 내리는 포물선
떨어지는 잎조차도
아름다움으로 남기는
그들의 뒷모습

가을에는

가을은
진정 풍요로운 계절입니까
무엇에 감사해야 하는지
길을 잃어버린 가난한 마음을 위해
기도 해야겠습니다
샛노랑 은행잎 속에선
샛노랑 아이의 옷을 입고
붉은 가을 나뭇잎들 속에선
지난한 세상사에 눈을 맞춰 걸을 수 있는
성숙의 옷을 입어
가난해진 가슴에
아름다운 세상
가을을 시로 담어 가겠습니다
마음이 가난해질 때면
아름다운 가을의 시를 읽어야겠습니다.

단풍은 예쁘구나

단풍은 예쁘구나
더 빨갛게 타오르는 단풍잎 그들의 향연
저 산의 단풍은 얼마나 더 아름다울까
내 년, 또 이 단풍을 볼 수 있을까
뜨겁고 숨 막히는 여름을 보내야
올 단풍일 텐데
못 봐도 서운해 하지 말까나
예쁜 단풍아!

어느 찬란한 하루

생각 없이 걷던 아침

붕붕~~~

분주한 날갯짓이
용케도 들려와
화들짝 놀란 걸음
멈추어버린 찰나의 순간

애기똥풀 노랑꽃에
작은 꿀벌 한 마리가
걸음 분주한 아침 머리를 깨우네
아무데 아무렇게 피었어도
향기를 품었구나

여행

차
된장 두부 과자
내일 차 시간표
목살
마늘
상추
쌀
물
화장품
금 같은 소금
조금 준비 했을 뿐인데
맛있는 여행에는
많은 것이 필요하다
중요한 것은 탈출
떠나야 할 필요가 있는
시간으로부터 탈출

인연을 대하는 모습

소주 한, 두 잔을 마셨다
내 마음 되짚어
내 속에 나를 대하여 본다
세상 내일의 일은 아무도 알 수 없는데
내가 살고 있는 이 오늘과 같이
내일도 같으리라 안일한 생각이
그 속에 변하지 않길 바라는
욕심, 이기심이 나빴던 것을
내일을 그냥 맞이할 뿐
미련이며 집착을 다스리라고
또 다시 바람은 불어오나 보다
영원한 만남도 이별도 없는 것인데
사람 일 기약하지도 말고
체념해 버리지도 말아야 해
생생히 사는 뜻을 알려 하거든
만나고 헤어짐을 깊이 헤아려 보고

살아감을 더 사랑스러이 해야지
무엇이 애닲습니까?
인연, 그편과 이편에 놓여진 다리

짧은 명상

집을 나서면
작은 골목을 지나면서부터
느긋함을 갖지 못하는 조급한 하루를
무엇으로부터 위안 받고 싶다

플라타너스의 넓직한 잎사귀들
예술의 전당 숲 낙엽 길
초라해진 내 초상의 움츠린 마음을 얹어
바라는 것 없이 밟고 싶어 걷노라면
조급한 고뇌들을 떨치게 했던
가슴을 채워주던 정다움의 그 소리

시몬! 너는 아느냐 낙엽 밟는 소리를
그 시인의 마음이 이것이었을까
이유 없이 자연으로부터 받는 치유

어떤 찬란함

오월 빛 좋은 날
붉고 아름다운 장미는 피어나고
누군가는 찬란한 생의 이별을 한다
슬픔 속에 보낼 일인지
기쁨 속에 보내야 할 일인지
미처 추스르지 못한 뒷모습을
고이 담아 보내야 하는 일이
마음 무거운 일이지는 않을까
누군가를 보내는 일을
담담히 해 낼 수 있는 이
사랑이라는 이름으로 엮어진
수많은 기억을 보내면
어느 좋은 날
또 나도 담담히 갈 수 있을까

숨바꼭질

국어책아! 국어책아!
어디갔니? 어디갔니?
나오너라 나오너라
같이 놀자 함께 놀자
머리카락 꼭꼭
숨었네 숨었네

더는 더는 못 찾아
울보가 된 아들
엄마를 붙들고
가위 바위 보
가위 바위 보
엄마보고 술래하래

간다 간다 술래가 간다
어디어디 숨었니
더 꼭꼭 숨어라

바닥 틈에 끼어서
메롱

감기

아들, 편도가 곪았답니다
신경질에
짜증내고
그 놈
살아있네!
감사합니다

저녁소풍

저녁
소풍을 나왔다.
저녁 놀이터

술래하며 타임 외치고
얼음하면
물총 외쳐 살려주고
누가 술래야
술래 찾기 바쁘고
살아남으려 아우성이네

여기도 삶의 전쟁터

그 속에 뛰노는
아이 보기 즐겁다.

제4부 채움

달빛이 훤하네
흔들림 없는 깊어진 동공
여백 없는 곳에
달빛은 여백의 공간인가

순근 할머니의 사모곡

어머니 내 어머니~
이 세상 천지에 누가 있어
내 세상 말고서 누가 찾아 왔소
저 세상 말고서 내가 찾아 왔네
어머니요 어머니요~
내려다오 내려다오~
빨리 내려다오~
우리의 어머님 찾아 내려다오
어머니 어머니 내 어머니

많이 아프신가 보다
노래인지
노래가 아닌데 노래처럼 들리는지
매일 어머니를 찾으신다

골목연가

늦은 저녁 동네 골목을 돌아 본다
어귀를 돌아 돌다 보면
골목은 골목을 맞이하고
내가 중년에 이른 시간만큼
이 작은 길도 많은 시간을 살아 왔겠거니
종종거리며 살아가는 식구들 모습을
누구보다 이 길은 다 기억하고 있으려나
술 취한 아버지 흐느적거리는 걸음을
귀 익은 소리 알고 집까지 바래다 주고
하루 못 다 할 말들 가슴에 두고
귀퉁이에 놓고 갔던 수많은 것들과
곳곳에 깔깔 웃음의 기억을 보는 이
그저 길이 되었다
오늘 편한 저녁 나와 벗이 되어
한 자국 한 자국 밟으며 걸어 본다

산에 핀 아카시아 꽃 향이
골목에 베어든 저녁
아름다운 길이 된다

채움

달빛이 훤하네
흔들림 없는 깊어진 동공
여백 없는 곳에
달빛은 여백의 공간인가
외롭지는 않네
슬프지는 않네
한동안 움직일 수 없었던 시간
삼키는 한 번의 숨은
내가 전하는 파동인데
들리지 않는가

빗소리

창문 넘어 비치는 풍경
흐린 하늘과 다르게
경쾌한 빗방울들
유리창에 와서 떨어지고
바람 속에
텅빈 공터에
톡톡톡
떨어지고
또 떨어진다
소리 하나하나에
나도 토독토독
따라서 가는 하루

지각

늦잠을 자버렸네
아이를 학교에 보내고
나는 오늘 일상의 지각이다
큰 아이가 놓고 간 신발주머니
덩그러니 걸려서
"나 어떡하니."
나를 보고 한숨이네
신발주머니를 들고
교실 앞에 섰다
컴컴한 복도 불 켜진 교실
우울한 아이의 외침
순간 느껴지는 갑갑함에
아픈 마음을 하고 돌아 선다
날씨는 왜 또 흐린 것인지
나는 지각생 엄마다

큰개불알풀

파랑 꽃잎
작디 작아서
보이지 않나
큰 풀잎 큰 꽃들
서둘러 오기 전
봄바람 오는 길목에
먼저 와 섰지
내 이름은
큰개불알풀

정동진 여행

추운 겨울 정동진을 찾았다
출발하는 기차 속에서부터 신난 아이들
정동진은 나에게 무엇으로 남을지
여행을 가늠해 본다
무엇으로 남지 않아도 좋고
무엇이 되면 되어서 좋고
살아간다는 것
불안을 떨쳐버리려 떠난 여행길
바다 바람을 만났다
무엇도 보이지 않는
어두운 해변에 서서
들려오는 파도소리를 한참 들었다
무언가 찾으려 애썼는데

파도만 왔다가 간다
아이들과 애견 동이의
따뜻한 인사

예약 여행

지심도
그곳에 가고 싶다
동백꽃 울창한
그 꽃 길을 걷고 싶다
겨울에 찾아가 한 겨울밤
은하수도 보고 와야지
시간을 더 두어
바람의 언덕
세차고도 차가운 바람
싫었던 겨울
그 속에 나를 세워 보리라
그 곳의 바람은

말을 걸어 주지 않을까
여행의 끝에서
그 여행을 예약 한다

꽃들에게

횡단보도에 서 있다.
가로수에 머무르는 시선
"별이 된 아이들이 묻습니다. 지금은 안전 하나요."
세월호의 아픔이 나무 어깨에 기대어 섰다
마음도 잠시 멈추었다
나 사는 일이 바쁘다고
순간순간 생각에서 놓았던 것은
내가 그들을 잊어버린 것은 아니다
씁쓸하고 아픈 마음
신호를 기다리는 지금 이 시간
단 몇 초뿐일지라도
"나는 그들을 기억하겠습니다."

산다는 것이 씁쓸해 지는 날
우리가 지금 살아야 한다고 아우성을 치는 이 시간에도
목 놓아 울던 그들의 누구 한 사람은
간절한 기도를 하고
그들의 누구 한 사람은 왜 살아야 하는지
무언가 부여잡기 위한 목적을 찾기 위해
애쓰고 있을 것이다

나는 지금 무엇을 해야 할까
멈추고 생각의 깊이를 가져 볼 일이다
지금 이 시간 내 마음이 멈추었던 것은
그들이 나일 수 있고, 내가 그들일 수 있는 이유이다
횡단보도를 건너 저쪽을 향하는 때는
내가 또 그들을 떠나는 순간일지 모른다
멈추었던 순간에도 떠나는 순간에도
나는 이렇게 말한다
"사랑해. 예쁜 꽃들아"

불의 바다

어린 손에 촛불이
꽃다운 여고생에도 촛불이
'이 나라는 우리 국민들의 나라입니다.'
국민에게 진정성을 보여 달라 외칩니다
욕심을 숨기고는 보이지 않는 것이
진정성이라 그들에게 없는가 봅니다
많은걸 내려놓아야 보이는 것이라
그것도 어려운가 봅니다
뒷걸음질 가다 보면 바닥에 닿을 것인데
가다가 가다가 보면 밀려오는 처연함에
그때는 보일려나 모르지요
분노의 촛불이 이룬 바다
무엇을 지향해야 하는지
우리가 가꾸어 만들어야 한다는 것
꽃답고 어린 젊은 그들
목소리를 가다듬는 그들이 있어
이 모든 외침 더욱
아름답게 들려옵니다

행복

내가 그의 이름을 불러 주기 전에는 /
그는 다만
하나의 몸짓에 지나지 않았다.
내가 그의 이름을 불러 주었을 때
그는 나에게로 와서 /
꽃이 되었다.

김춘수님의 꽃이다.
내가 중학생이었을 때 연습장 앞표지에 이런 시들이 적혀있었다.
푸시킨의 삶이 그대를 속일지라도, 윤동주님의 서시, 많은 시들이 연습장 표지 주인공이었다.
그 때의 시절엔 그런 우수가 있었나보다. 그 시절 시의 의미를 되새겨보지 못하고 그냥 읽었을 뿐이다.
꽃 몽우리 같이 소담스러웠어야 할 나이의 중학생이었지만,
살아가는 환경은 사춘기 여학생에게 버거운 때였다.
꽃이라느니 삶이라느니 그런 시들을 읽으며 재잘거리기도 했다. 살아오면서 문득 문득 이 시를 몇 번씩 되뇌어 본 적이 있다.

아! 그 시. 의미라는 것. 의미가 부여되는 행복.

나는 그것을 행복이라 말하고 싶다.

의미라는 걸 느끼게 되는 순간에 한 가지 깨달음의 행복이고, 존재에 대한 행복이다.

세상살이 살아가는 공부, 깨달음을 얻는 것은 모두 공부라 했다. 더하여 행복이라 말해도 되겠지.

많은 하고 싶은 것 중 하나로 늘 글을 쓰고 싶은 마음이 있었지만, 내게 주어진 삶이 허락하질 않았다.

생활의 빠듯함 속에 아이 키우며 아옹 거리고 사느라 글쓰기를 배워야지 라든가 작가가 되 볼 거야 하는 생각들은 추호도 해보지 않았다.

라디오에서 흘러나오는 사연을 들으면 나도 써보고 싶다 하는 생각도 했었지만 쓰지는 못했다.

글을 써보고 작가를 만나게 될 줄 누가 알았을까?

글을 써서 가면 봐 주시겠구나 하는 생각에 무작정 글을 써서 보여 드렸다. 모를수록 용감해진다.

꿈에 대한 주제로 글을 썼었다.

나는 늘 무언가를 하고 싶었고 그런 갈망이 글로 시작되었다.

나에게 꿈이란 것은, 생각으로만 맴돌던 것들이 글이

되었다.

몇 번씩 읽어보고 수정해가는 시간이 발전이고 성장이었다.

더욱 구체적인 생각이 되고, 목표가 되고, 확연해져 감을 느끼게 되었다.

글이란 것이 마치 자신의 알몸을 보이는 것처럼 얼굴을 뜨겁게 만드는 점도 있었다. 보여도 될까? 하는…….

다만, 그 글로 칭찬을 듣게 되니 더욱 기쁜 일이었음은 말할 것도 없다.

다른 글들과 비교 경쟁한 것도 아니고, 뛰어났다는 것도 아니라는 걸 잘 알고 있다.

나쁘지 않아! 괜찮아! 라는 정도, 나에게는 큰 의미이다. 꽃이 되는 순간이다.

이것은 나를 키우는 동기가 되었다.

늘 많은 생각을 하며 살지만 더 생각하게 하고, 크든 작든 하고 싶은 것을 한다는 것은 나를 살아있게 한다.

내가 살아있는 시간이다.

이것이 행복이다, 즐거움이다.

작품해설

시 쓰는 행복은
느끼고 꿈꾸고 그리기

민 용 태

(고려대 명예교수·스페인 왕립한림원 위원)

이수견 님의 시를 읽으면서 "시 쓰는 행복은 느끼고 꿈꾸고 그리기"라는 생각을 한다. 여기 '그리기'라는 말은 물론 '그림 그리기'라는 두 가지 의미이다. 동서에서 시 쓰기는 마음 그림 그리기이니까.

동양에서는 "詩中畵, 畵中詩"라고 했다. 서양에서는 'poesis ut pictura'라고 해서 시와 그림을 하나로 보았다. 특히 시가 그림과 같은 것은 대부분의 시는 산문처럼 긴 시간의 이야기를 담지 않는다. 한 화폭에 그리는 그림처럼 한 눈에 볼 수 있는 이미지들을 제시하기 때문이다.

이 시인은 살며 생각하며 느끼며 시를 써간다.

하루하루 살면서 시간에 쫓겨 사는 '하루의 의미'를

다시 되새겨본다.

> 시계추가 사는 하루
> 한 바퀴 아닌 반 바퀴를 향한
> 더 오르지 못할 언덕
>
> 하루 그 이상의 욕심으로
> 언덕배기를 기어오르려
> 버둥거리는 내가 있을 뿐

하루하루가 왜 이리 바쁠까? '의미'를 생각할 겨를도
없이 허덕이며 가정이니 자기 교육이니 성공이니 언덕
배기를 기어오르려 안간힘을 쓴다. 실제로 우리 사회는
'빨리 빨리' 문화로 급성장을 거두었었다.

그러나 그 성장이 '바둥거리는 나'를 낳고 나의 행복
을 좀 먹었다. 그 때 시가 찾아와 나의 숨통을 트게 만들
었다. '숨'이라는 시는 작은 것이 아름다움을 일깨워준
다.

> 잔디 위에 피어난
> 분홍 패랭이 꽃
> 작은 흔들림이 미치도록 아름답다
> 꽃밭에서 맑은 숨을 쉰다

이수견 시인은 가을을 무척 좋아한다. 이 시인의 '가을 길'은 "노란 은행잎 반짝이는 길 / 웃음소리 노랗게 길 위에 춤춘다" 여기에서 은행잎이 흔들리는 모습을 '웃음 소리 노랗게'로 표현한 것은 기발하다. 떨어지는 은행잎들은 분명히 낙엽이기에 슬픔이 먼저이어야 한다. 그러나 노랗게 웃음 지으며 춤춘다.

> 동그랗게 동그랗게
> 그어 내리는 포물선
> 떨어지는 잎조차도
> 아름다움으로 남기는
> 그들의 뒷모습

여기에서 시인은 삶을 아름답게 마무리하는 '포물선'의 '뒷모습'을 뜨거운 감동으로 지켜본다. 이수견 시인의 사물을 보는 눈은 깊다. 세상을 보는 눈길 또한 따스하다. 우리의 생활 속에 녹아 있는 불교의 인연의 정서가 알알이 배어있다.

> (…)
> 만나고 헤어짐을 깊이 헤아려 보고
> 살아감을 더 사랑스러이 해야지
> 무엇이 애닯습니까?

인연, 그편과 이편에 놓여진 다리

마지막 시구 "인연, 그편과 이편에 놓여진 다리"는 향가 월명사의 '제왕매가'를 연상시킨다. 같은 가지에서 태어난 누이이지만 '그편과 이편'으로 갈라선 자리에서의 애달픔, 그러나 한용운의 '님의 침묵'에서처럼 '만나고 헤어짐'을 잇고 '이편과 저편'을 잇기 위해 '놓여진 다리' 또한 '인연'이다.

이수견 시인은 시골에서 자랐는지 모른다. '골목길'을 보는 눈이 유달리 자상하고 정겹다.

> 늦은 저녁 동네 골목을 돌아 본다
> 어귀를 돌아 돌다 보면
> 골목은 골목을 맞이하고
> 내가 중년에 이른 시간만큼
> 이 작은 길도 많은 시간을 살아 왔겠거니
> 종종거리며 살아가는 식구들 모습을
> 누구보다 이 길은 다 기억하고 있으려나
> 술 취한 아버지 흐느적거리는 걸음을
> 귀 익은 소리 알고 집까지 바래다주고
> 하루 못 다 할 말들 가슴에 두고
> 귀퉁이에 놓고 갔던 수많은 것들과
> 곳곳에 깔깔 웃음의 기억을 보는 이

그저 길이 되었다

오늘 편한 저녁 나와 벗이 되어 (…)

'골목이 골목을 맞이하고'라는 표현은 참으로 적절하다. 시골 마을 골목길이나 돌담길은 돌고 돈다. 그러다 보면 한 골목이 다른 골목을 맞이한다. 같은 동네 사람도 만나고 마주치고… 거기에 '종종거리며 살아가는 식구들 모습'이 새겨져 있다. 지난 시절의 그 모든 기억과 추억들이 "그저 길이 되었다 / 오늘 편한 저녁 나와 벗이 되어" 함께 가는 골목길. 이보다 더 가까운 고향 동무가 어디 있으랴.

이수견 시인은 초승달을 보며 또 고향을 생각한다. 어릴 적 친구 '달이의 눈'을 생각한다. 그것은 '뿔' 같기도 하고 참을성 많은 소녀의 '얇고 긴 입술' 같기도 하다. 그리고 다시 보니 "작고 깊은 외눈 한 짝 / 온 하늘 고요히 지키는" 모습이다. 이런 저런 생각이 '시를 읽는 새로움'이란다.

누군 초승달을 뿔이라 했지

나는 그냥 반달을 채워가는

낮은 달이었는데

오늘 하늘에 초승달이 떴다

저것이 또 얇고 긴 입술이었구나!

시를 읽는 새로움
작고 깊은 외눈 한 짝
온 하늘 고요히 지키는
작은 달이의 눈

이 시가 훌륭한 것은 볼수록 어릴 적 친구 '달이'나 볼수록 '새로운 달'에 대한 생각 때문이 아니다. 초승달의 그 '얇고 긴 입술' '작고 깊은 외눈 한짝' '뿔'을 하나로 엮는 인고로 얼룩진 삶에 대한 깊은 성찰이 진실스러워서 이다. 이것이 살다 보면 늘 새롭게 보여지는 내 친구의 눈이나 초승달이 좋은 시가 되는 이유이다.

이수견 시인은 일상을 살며 늘 새로운 느낌과 감동을 시로 적는 생활 시인이다. 삶과 주변에 대한 깊은 성찰의 눈이 빛난다. 그녀의 시에서는 사소한 꽃들, 사물들이 시인의 따스한 눈길로 곱게 채색된다.

느끼고 사랑하고 가슴에 깊이 새겨지는 무늬를 시로 빚어낸다. 때로는 부질없이 감상적이 되기도 하지만 흠이 될 것은 없다. 나의 인생에 대한 체험은 유일한 것이며 소중한 것이니까. 여기에서 이수견 시인을 좋은 시인으로 만드는 것은 그 목소리의 진솔성이다. 따스한 시집 출간 축하드린다.

〈이수견 시인 심사평〉

- 신인상 당선작

안으로 향한 여린 서정의 눈짓

　가장 독창적인 것이 개인의 삶이다. 그것을 시로 만들 수 있을 때 행복하다. 이 수견 시인은 그런 삶의 파편들을 안으로 삭이는 눈빛을 가지고 있다. 우산 없이 아이를 학교에 보내놓고 그저 비나 개고 무지개나 떴으면 하는 철없는 어미의 소망이 밉지 않다.

> (…)
> 이런! 장대비에 비친 걱정
> 우산 없이 학교 간 아들
> 집에 올 때는 파란하늘
> 무지개라도 얹고 왔으면
>
> 우매한 어미
> 나 또한 여름의 한 자락.

　살다보면 잡념이 많다. 잠도 안 오고 귀찮기도 하겠지. 그러나 그것을 보는 여류 시인의 눈짓에는 오히려

따스함이 서려있다.

> 쉬어야 할 몸뚱이를 붙잡는
> 마음 속 무거움의 정체
> 그 잡다한 것들을
> 툭툭 털어 버릴 일은 아니다
> 보기 싫다 냉정히 뿌리쳐지지 않을
> 나 찾은 방문자

그러나 산다는 것은 여러 가지 잡다한 걱정과 짜증, 시련이 있기 마련이다. 예로부터 우리 착한 어머니들의 마음은 이것저것 다 삭이고 다소곳한 웃음을 향내로 벼르며 살아갔다.

> (…)
> 연꽃은 가만히
> 여름살이 이어간다
> 진한 듯 아니 옅은 듯
> 연 잎 향내 흘려보내며.

더러 다듬어지지 않는 구성과 서투름이 보이나 그러나 조금 연마하면 아주 고운 서정 시인으로 발돋음하리라. 신인상 당선을 축하한다.

이수견 시인 당선소감

고요한 아침,
갑작스레 까가각 거리는 도시 까치 소리가
귀뚜라미 낮게 우는 소리가 정신없이
세상을 살아가는 자에게
하루를 여는 정겨운 인사처럼 들려왔습니다.
세상을 살아간다는 것
이유를 알던 모르던 그저 열심히 살아가고
열심히 살아야 하는 것이 그 이유인지도 모릅니다.

중년이 되어서야 글을 써보는 것은
멍하게 살아온 수많은 시간 속에서 얻어 온
내 자신과의 소통의 길입니다.
썼던 글을 수정하는 시간은 나를 수정하는 시간
나를 확인하고 꿈, 목표 같은 생각을 열어보는
길입니다.

흔들리는 나를 잡아 세울 수 있는 시간
기쁨이기도 합니다.

또 새로운 문 앞에서 반가운 인사를 합니다.
많은 선생님들께 감사의 인사를 드립니다.
감사합니다.

이수견 시집

꽃 그늘

초판 인쇄 2017년 9월 22일
초판 발행 2017년 9월 30일

지은이 이수견
펴낸이 朴明淳
펴낸곳 문학시티

주 소 100-015 서울시 중구 창경궁로 1가 29 (3F)
전 화 02-2272-2549
이메일 munhakmedia@hanmail.net
공급처 정은출판(02-2272-9280)

 ISBN 978−89−91733−45−9 (03810)
 값 10,000원

❋ 잘못된 책은 교환해 드립니다.
❋ 저자와 협의하에 인지는 생략합니다.
❋ 양측의 서면 동의 없는 무단 전제 및 복제를 금합니다.
❋ 이 책은 안산문화예술진흥기금 지원금으로 제작되었습니다.